内藤喜美子

船に乗って

詩集　船に乗って＊目次

詩集　船に乗って

I

風になる

項《うなじ》に　心地良い息が触れて
振り返ると
涼しい眼をした少女が
寄り添うように立っていた

右手に持った夏のサンダル
左手には真っ赤な秋のハイヒール
どこで　履き替えたらいいかしら
首をかしげ　可憐なしぐさで問いかける

さあ
私に聞かれても

見つめられると
はにかむように　靴を後ろ手に隠す
高い空の彼方から
下りてきた秋のサインは盛りだくさんで
カバンの中から　はみ出している

もう　そろそろいいんじゃないの
ええ　ハイヒールが足にぴったりになったわ

尾花　女郎花　葛　桔梗

撫子　萩　藤袴

それぞれが競って　自分の立ち位置を訴える

私も負けまいと虚勢を張ってみたものの
肩に浮き上がるタトゥーのような
虫食いの葉の染みが

敷居の上に
一本の女郎花を残したまま
少女は七草を編み込んだ絨毯に乗って　風になる

サンダルが片方　無造作に転がっていた

金《かね》のなる木

茎の間に　生えた葉肉が
硬貨を装い
鉢の住まいで世間を一望している

黄金花月《おうごんかげつ》
縁紅弁慶《ふちべにべんけい》などと
洒落た異名を持つ多肉植物
日がな一日庭の仲間に潜入して
存在の証を誇示

寒さは嫌い
冬には屋内か　軒下で
間借りを迫られる
置く場所により色が変わっていく状態は
人間の習性によく似ている
三つの鉢が　それぞれ別の表情で
住人の顔色に探りを入れる

だが　指が葉に触れただけで
お金が逃げていくように
ぽろりと落ちる
茎も圧力に弱いのか簡単に折れてしまう

もしも本当に　お金が生るという木があったら
人々はそこに群がって
良からぬことを企てるに違いないが
楽をして儲かる　虫のいい話など何処にもない
オレオレ詐欺さん　聞いていますか

働いて得るからこそ　価値があるのだ
騙されないように　用心　用心
葉肉の縁を紅く染め
警告のシグナルを点滅させている

出し惜しみ

今日の太陽《あなた》は
居眠りでもしているのかしら
雲の扉を開けたり閉めたり
時々気まぐれに顔を覗かせて
光の反射鏡を翳している

そんなに
出し惜しみをしないでね
みんな　あなたを待っているのよ

洗濯竿に吊り下がったパジャマやシャツが
生乾きの溜息を
漏らしているではないの

扉を締め切っていたら
天照大神は
何と言われるでしょうか
天の岩屋の岩より軽い雲なんて
容易いことではないでしょうか

誰にでも平等に　あなたは
愛の光を与えてくれるので
早くその姿を見せておくれ
涙を零したりしては

卑怯者と呼ばれてしまいますよ

そっと扉が開いた
高天原を連想させる大地は
瞬く間に　眩い玉飾りで溢れる
からっからに乾いた笑顔が
洗濯物に絡まって　はためく

だが　大八州《おおやしま》は雲に隠れて不穏な動きが
至る所で勃発している

人違い

向こうから歩いて来た人は
ウォーキング仲間の
ふみ子さんだ

おもわず手を上げたが　何の返答もない
「どうしたのかしら　素っ気ないわ」
無言の彼女が近づいてくる
「きょうは　帽子が違っていたので
　別人かと思ったけど」

それでも無言
訝る目が　じろり私に注がれる

「あら　ごめんなさい。人違いだったわ」
その人は不信感が解けたように
私の心の泉に苦笑いを落としたまま
いそいそと立ち去る

日毎　薄いベールに覆われていく視力　脳
曖昧を抱き込んだ渦が大きなうねりとなって
老いの岸辺に押し寄せてくる

だが　もしかしたら
彼女は狐だったのかもしれない

振り返ると大きな尻尾が
ゆさゆさと揺れている
私は化かされていたのだろうか

もう一度振り返ると
すでに　その姿は緑の木陰に消えている
抜けるような青空が　ただ広がっているだけ

いつもの道に目を向ける
向こうから歩いて来た人は　本物のふみ子さんだ
尻尾を隠していませんね

薔薇の誘惑

どこからともなく聞こえてくる
ざわめきの声
足を止め　振り返ると
鋭い薔薇の視線が突き刺さる

赤　白　黄　桃　橙
さまざまな色で賑わう　その素顔
手招きされて
新緑のカーテンの陰から

誘ってくる目と　ぶつかり合う

熟れた唇
仄かに漂う香り
棘を隠して　人々の心を惹きつける
揺れる枝に戯れる風

美を競いながら
シャッターに納まる貴婦人の
艶っぽい流し目
自信過剰が生み出す負けじ魂が
至る所で　弾けている
薔薇園は女の戦場

カメラが　間近に迫り
そっと頬擦り
情熱の吐息が　レンズを曇らせる
指で拭うと
その奥から現れた　透き通るほどの肌
おもわず胸の燭台に
ゆらゆらと火が燃える

棘の傷痕の痛みを押さえて
薔薇の誘惑に　のめりこみながら
ひとときの悦楽の坂を　転げ落ちる

それでも　爽やかな空のベッドは
果てしなく広がる海の色

ざわめく声が　いつまでも渚を洗っている

朝

昨日の涙は
パジャマに染み込ませて
素早く
洗濯機で洗い流そう

ぐるぐる回る生活の泡
捩れたり
絡んだり
目まぐるしく縺れ合う渦の中

あたしも体ごと
戦場めがけて

今日を見つめる目が
パチンと弾けて
あわ　あわ　あわ
顔にかかった虹色の贈り物

すっかり消えた　涙の痕
生き返ったパジャマは
何事もなかったかのように
ハンガーのブランコで
風の戯言《たわごと》を聞き流している

夕方
丁寧に洗濯物を折り畳み
あなたの心の皺も伸ばすと
指先から伝わってくる
セロハン紙のような情愛

生きるって大変だよね
でも　涙を愛に替えられるマジック
知っているから
あたし　笑顔で
険しい坂道だって　へっちゃらよ

半分　半分

年輪を重ねた幹の中に
沢山の物語が
書き込まれている

指で剝がしてみると
涙が溢れて来たり
笑いの余波が押し寄せて来たり
数えきれないほどの追憶を
読み返すことができるのです

ふたりで
半分　半分　ちぎって食べた
日々のページは
苦く　酸っぱく
味付けは苦闘の連続ばかりで

苦虫を懐に忍ばせたまま
肩を落として歩く　あなたの後ろ姿が
闇に飲まれる

私の心にも
傾《なだ》れ込む黒い垂れ幕
おもむろに開けると

日差しが色づいた葉っぱの上で
跳ね返っていた

おもわず眩しさに目を細める
物語の筋書きの修正を迫られてしまい
慌ててペンを握る

虫食いの葉の穴から差す光が
こんなにも綺麗だったなんて
気付くのが遅かったようですね

II

主役になったカスミソウ

無数の純白色な小粒の眼を開いて
主役のカーネーションを
引き立てている花瓶の中の
名脇役　カスミソウ

無意識のうちに
演じる姿には
何の気負いもない
己の居場所を心得て

ひたすら信念を揺すり続けている

花どきは　梅雨の頃から夏の終わり
でも　今ではいち年中
花屋の店頭に
その貌が絶えることはない
他の花々も　季節感をすっかり忘れて
互いに肩を擦り合わせ　目を逸らす

ある時　思いもよらず
主役に抜擢されたカスミソウ
どぎまぎして
有頂天の粒がパラパラこぼれ落ちる
白いドレスの装いだけで

花束として包み込まれるなんて

どなたの手に届けられるのでしょうか
きっと純真な心の人に違いないわ
諦めずに生きていれば
必ずその恵みを手にすることが出来るのですね

花瓶の中のカーネーションが　妬むように
赤い眼を　さらに赤くして
よそよそしく振り向いた

野良猫の知恵

公園のウォーキングコースの　ど真ん中
大の字になって　寝そべっている猫がいる
天下泰平のこの姿
いくら何でも　邪魔ですよ
好奇な目に晒されても
手足に触れられても　いっこうにお構いなく
形を崩さない太っ腹

飼い主の身勝手な都合で

野良猫の汚名を着せられたようだが
ここは第二の楽園
毎日餌を与えてくれる人たちがいるので
食べることには困らない
決まった時間になると
それを察知してか
何処からともなく現れ　待ちかねている

見かけは皆　丸々と太って幸せそうだが
太りすぎて身を持て余したりしている仲間もいる
人間に対する信頼は　回復出来たのだろうか
それとも　もう失うものがないので
ふて寝も厭わないのか
飼い猫でも　あの形には　滅多にお目にかかれない

声をかけると媚びるように　愛の匂いを求めて
頭を摺り寄せてくる

だが　住処を失い　飼い主に置き去りにされた凝《しこり》は
決して　ほぐれるものではない
裏切りなんて　そう簡単には許せないはずだが
生きていくためには
信じている振りをすることが賢明なのだ

猫は髭をピンと立て
欺かれた幸せの記憶に　思いっきり砂をかけた

天竺牡丹《ブラックナイト》

黒みがかった葉の間から
俯きかげんに小さな顔を並べて
黄色い瞼を
控えめに開いた　キク科ダリア属の花

夏から咲き始め
晩秋を迎えたというのに
次々と蕾を開き
地味な存在ではあるが

本家本元の鮮やかな姿を凌いでいる

だから
もっと胸を張って咲くがいい
暗闇に点した灯が
迷える人の道標になっているような

軒下の鉢の中では
冬を越す準備の強い意志が揺れている
光はたっぷり　水は少なめ
ほどほどの加減は
次の開花に希望を咲かせるため

でも　葉の色が大分褪せて

息も絶え絶えになってきた
表面に白い斑点まで現れ始め
まるで死装束だ

そろそろ　剪定をして芽吹く春を待とう
花は輪廻転生という武器を持っているが
人はたった一度だけの命の招待に
どう応じればいいのだろうか

私の乾いた心にも　ほのぼのと燃える天竺牡丹の
灯を点してください

変りゆく中で

露を含んだ雑草を踏み分け
目的の川に向かって農道を歩く
足の脛までのぼってくる水滴
夏の朝まだき　空気は息を止めたままで
今日のスタートを躊躇っていた
人影が見えないのが　もっけの幸い
中学生の私は紙切れを握りしめ
日課となった朝の扉のノブを回しに行く
目指す場所は永池川

貧相な面立ちだが　誇り高い一級河川
コンクリートの幅の狭い橋が跨っていた
晴れた日は西方に
大山連峰や富士山の名画が並ぶ
戦後十年も過ぎていたのに傍の山の麓には
幾つか防空壕が口を開けたまま
惨禍の悲しみを語り続けていた

私は橋の上に立ち目覚めたばかりの空気を
揺すりながら大声で弁論の発声練習に励んだ
音響が静寂な舞台に広がり
得体の知れぬ遠吠えがすると噂になったそうだ
橋の下には研ぎ澄まされた水の流れ

蜆や小魚の群れが聞き耳を立てていた
日の出の太陽を独り占め出来る私だけの秘密の場所
だが　今では川の外貌は
他人のような素っ気なさに変り
壮観な名画も大きな建物に飲み込まれてしまっている

脳裏に刻まれた　故郷の原風景は
安らぎの心を取り戻す鏡
時代の変遷により　あらぬ方向へと
私の舵も切られてしまった
無数の泡が抑え切れずに広くなった川床から
ぶくぶく浮かび上って無言の抵抗の目を光らせている

＊　私の故郷は昔、有馬村と呼ばれていたが、今は海老名市に合併されている。

地球の涙

宇宙空間に浮遊しながら
惑星の軌道を律義に回転している地球
最近　青いその目から
大粒の涙を流すことが日常茶飯事に
なってしまったようですね
加速する温暖化に耐え切れず
ひそかに泣いている姿を見てしまったのです

そんな地球を救えるのは誰でしょうか

傷つけても　傷つけても
確りとした手当も施せず
瘡蓋の上にうっすら保湿剤を
ごまかしに塗りたくるだけのニンゲン

地球から発信されるＳＯＳは
感度が悪いのか
受信装置が壊れているのか　なかなか通じません
大型化する台風の被害　洪水
気候の変動　熱中症
さまざまなウイルスだってこんな非常事態を
見逃すはずがありませんからね

世界は温室効果ガス排出削減目標を

掲げているものの　どうなることか先行きは
霧の中で見通しが利きません
出たり入ったりの　お騒がせ国があるパリ協定
絵に描いた餅は食べられませんので
本物の餅で未来を味わいたいです
でも　喉に痞えてしまったら窒息です

地球は涙を堪え　唇を嚙みしめ　顔を歪め
待ったなしの日々を手探りで
今日も　軌道にへばりついているようです
しかし　五十年先のゼロ目標はあまりにも遠くて
私には見届けられるはずがありません

沈黙の壁

本当の苦悩を
抱えている人は
誰にも気づかれぬように
沈黙の壁を
いちずに築いている

胸に秘めた
ぶ厚いレンガを砕くとき
頬にひとすじ線を引く涙は

悲しみの壺に跳ね返ってくる
そっとハンカチを差し出してくれる人など
何処にも見当たらない

広げた布を
湿らせる辛苦の滴り
溜息に同化した黒い染みの地図が
じわじわと滲み出る

指先でなぞる輪郭の内側に
どんな記号を描けるのか
思案の山の頂から
落下する　かずかずの痛みの塊

でも　悲しいときには
おもいっきり泣くがいい
愚痴も零すがいい
すると軽くなった心の隙間から放たれる
七色の虹を見ることが出来るだろう

わだかまりを　そのまま胸奥に
引きずり込んではなりません
砕いたレンガの破片が
粉々に飛び散り
思いがけない絵柄で
うらぶれた壺を彩ってくれるはずです

疲労の虫

体を乗っ取り
まるまる肥えた疲労の虫たちは
夜　風呂に浸かると
急に萎み　お湯の中で　ちりぢりになる

取り残された数匹が
性懲りもなく
翌朝　別の仲間を引き連れ
得意顔で出没する

青白い顔
赤い腹
黄色い背をした彼らは
疲れ果てた肌に
情け容赦なく　むしゃぶりつく

追い払っても鋭い触角の針で
ブスリと刺す
脅かされた日常を捲って
一匹　一匹執念深く捻りつぶす
ピンセットの先に付着した　ねばねばの液体

悪臭を放ち

地面を這いながら
上目遣いに覗き見る
もう　纏わりつかないでね
哀願する言葉が　虚しく風に翻って

体の中を猛襲する疲労の虫たち
睨みつけると　一瞬たじろぎ
這い出る仕草を見せるが

うっかり騙されたら
こちらの負けだ
巨大な虫になって共食いが始まる

バスに揺られて

バスの振動の手が
座席に身を沈めたお尻を
やんわりなぜ回す

うとうと　夢見心地の
ひととき
四角い走る箱は病院通いで疲れた
体を癒す揺れるハンモック

「次は○○です」
運転手の揺り起こすような声が響く
ハッとして
現実に呼び戻された脳神経が
マイクの中に吸い込まれる

大変だ　乗り越してしまったかも知れない
反応した指が　おもわず降車のボタンを押す
しかし　窓の外に目をやると
見慣れた景色が霞んでいる

ＩＣカードをタッチして
そそくさ　下りたものの
まだ　ひとつ手前の駅

バス停では目を伏せた含み笑いのさざなみが
すっかり消えてしまった振動のなごりを
お尻に感じながら
――急いては事を仕損じる――
と呪文のように言葉を転がして歩く

今日のウォーキングの代替《かわり》と思うことで
余分な足跡に敬礼する
夕陽が靴先にしゃがみ込み
慰めの赤い言葉をたくさん貼り付けてくれた

生きているのです

今朝　指が一本
ポキンと　折れました
付け替えたのですが
しっくりしません

次の日水晶体のレンズを人工のものに
取り替えたのですが
合わないと言って
目が駄々をこねています

耳の中から
切れた電話線がぶら下がって
「もしもし」
声が繋がりません

老いという不味い食べ物を
無理やり押し込められ
胃袋が　悲鳴をあげていますが
吐き出したくても　吐き出せません

それでも
衰えた足に発破をかけて
日常の坂道を懸命にのぼっているのです

汗で汚れたスニーカーを履き
素足のままで生きているのです

そうです
指が折れても
レンズが合わなくても
声が繋がらなくなっても
当然を背負って人は皆生きているのです

絶対　命の手綱を
離してはなりません

Ⅲ

待つ

病院から帰宅する
玄関の鍵を開ける手が
かすかに震えて
ガチャリ　たやすく受け入れてくれない
口を閉ざしたままの家は青白く

灯りをつける
広い部屋の片隅に
蹲っていた影が

待ちくたびれたように立ち上がる
おかえり
後ろ向きの気配が小声で目配せする
肩に重い荷物を背負っているのを承知で
大丈夫だよ
耳朶をかじって
励ますつもりなのでしょうか

心の空洞で
凍った残雪が
貌を引きつらせている
寒の戻りがセーターの穴を広げる

あなたの帰りを待っている
金婚式は無事に通り過ぎたけど
ダイヤモンドの光が遠くに瞬いているので
歩調を合わせて近づいて行こうね
きっとだわよ

春景色のなか　緑が両手を広げて
あなたを伴いハグを求めにくる
首を長くして佇む花々の開花
蝶はためらいがちに
遠くから傍観しているだけですが
翅のはためきが私をはためかせてくれるのです

捨てられていくもの

ひとつ　又ひとつ
捨てられていくものが増えていく
今日という日の櫂を力いっぱい漕いでも
明日への生は曖昧で
手が痺れたまま

丘に見える木々のひそひそ話が
微かに漏れて
枝先にしがみついている病葉の

気持ちを損ねる
自尊心が微かにうごめく

風に吹き飛ばされそうな
一握りの羞恥心は
低く垂れこめた雲に飲まれて
男は理性を失う

まだ捨てるものがありますか

管から注がれる命の滴りは
いってき　いってき
生きることへの量を推し測り
胃の中の小さな泉に波紋をひろげる

捨てるものが
何も無くなったとき
男は希望という飾り物の写真を破り
空《から》になった額縁を
黒く塗り替え
自画像をはめ込むのでしょうか

漠然とした予感が
未知の旅路に　追い討ちをかける

雨のしずくの花

木の枝に整列した
雨のしずくの花
僅かな風のそよぎにも散りそうで
息を止めたまま足を速める

花びらは
光の環をくぐり
反射し　目をしばたたかせ
雨上がりの大地の子守歌を聞いている

鼓膜の細道を広げて
私も耳を傾ける

だが　聞こえてくるのは
蔓延したコロナウイルスの脅威の話ばかり
一枚一枚空気の幕を
剝がしても
なお剝がしきれない間を縫って
おののく心を鎮めながら歩く

病院への扉は厳しく閉ざされている
待っている者と
訪ねる者との
微妙な自意識のずれは埋まらず

ジレンマの谷に　靴が放り投げられる

靴は宙を飛んで行き
崖から突き出た木の枝に引っかかる
水滴のなごりの花は
すでに姿を消していたが

空のカーテンは
まだ重く淀み　垂れ下がっている
摑もうとした指先の痛みは
凝《しこり》となり　汚染された闇に紛れ
いつまでも　やりきれない姿を曝して

琵琶の音色

ぼろろん
ぼろろん
琵琶の音色を真似て
撥に乗り移った執念の爪が
私の心を引っ掻く

人けの消えた
黄昏どきの路上に
破れた意識の波が　溢れて

吐息の輪が重なり合い
閉ざされた病院の窓枠に
べったりと貼りついている

コロナウイルスに邪魔され
面会禁止となってから
久しく時がたち

あなたと
わたしの間を遮断する淀んだ河
飛び込むことすら許されず
涙は水に薄められ
河口から海に向きを変える

失望という言葉を
握り潰しても
なお　ポケットからはみ出てくる勢いを
止められず

ぼろろん
ぼろろん
真似ではない琵琶の音色が
またしても
撥に乗り移る

惜別のとき

何本もの細い枝が
茜色の空に突き刺さる
ぽたぽた血の滴る魂の痕跡を
真っ黒な墨でひとはけ

樹齢八十年　腐敗した幹が
いま　静かに崩れ落ちる

大地に根を張り巡らせていた

無数の傷痕
遂げられなかった終末の悲哀の渦が
飛沫《しぶき》となって激しく舞い上がる

別れの時は
否応なしに訪れ　心を鎮めても
命の儀式の流れは留まることなく
滑るように川面を疾走する

あなた　待って
もう　行ってしまうの
堰を切って　溢れ出る涙を止める術もなく
ひとり　とり残されたまま

だが　樹は姿を消しても
そこに根を張っていたという残響は
永遠に消えず　私の耳朶を
優しくまさぐり続けてくれるに違いない

長年にわたる息と
汗と　匂いが浸み込んだ大地
時おり失っていた声が蘇り
暗い遠景の空一面に愛の言葉を鏤める

摑もうとしても　摑めず
虚しく　すり抜ける影をひたすら追う

祈る

命の灯が消えてしまっても
ただ　消えるだけでは済まされないという
大きな生を砕く遺物を手渡される
重いゆらめきの影に埋もれて
残された者が背負う重責　数多

悲しんでいる暇《ひま》などない
目前に立ちはだかる気の遠くなるような
高い階段を見上げて

のぼり詰めることの覚悟に身震いする

夫の歩んできた過去を
くまなく　ほじくり返し
書類の上でなぞっていく法の掟は厳しい
社会との繋がりの糸も
一本一本　綿密にほどかれていく

すべての柵《しがらみ》が白紙になったとき
死者はようやくこの世から解き放されて
あの世への扉を
開ける運命を受け入れるのだろうか

仏壇の中で入魂した黒塗りの位牌が

先祖と肩を並べ　鎮座している
永遠の居場所を得て安堵する息遣いの
微かな気配が部屋の隅々まで這っていく

合掌した指の間から
ゆらゆら立ちのぼる線香の煙
手向けた花の微笑みに包まれて
魂は浄化できたでしょうか

羯諦　羯諦　波羅羯諦
波羅僧羯諦　菩提娑婆訶

船に乗って

海王丸
イギリスのチャーチル号
日本丸
三艘の実習生を乗せた帆船の模型が
部屋の　随所に停泊している

あなたは　どの船に乗って
あちらの世界へ行ったのでしょうか
それぞれ数か月も費やし

制作した汗の結晶でしたが
選考基準に叶ったのは　きっとお気に入りの
大型帆船　日本丸に違いありませんね

いつものソファーの定位置に
まだ　あなたは無言のまま座っており
動かない時計の針を巻き戻しているようです
夕飯には豚汁でも　いかがですか
思わず漏らした言葉が
カーテンの隙間を素通りしていく

廊下や室内の
壁に飾られた数々の風景写真
額縁の陰からシャッター音が響き

転げ落ちた思い出が
わたしのエプロンのポケットに飛び込む

ぎゅっと握りしめると
掌から汗が数珠玉となって
湧き出てくる

あなたが乗った日本丸は
無事　目的地に到着出来たでしょうか
今まで気づかなかった世間の
毒を孕んだ花が数本
流れ着いたことを内緒で報告しておきます

黒い蜘蛛

その部分を
真上からだけ見ていたのだろうか
はずみで捕えてしまった
黒い蜘蛛の織毛

見過ごしていた汚れが
蛇口の裏側に
貼りついていたなんて

ずっとそこを占拠していたはずなのに
あえて見ようとしなかったのではないか
そうです　きっと
心の余裕を奪われていたせいかも知れませんね
目を逸らすことで逃避していた日常の諸々が
残酷な姿で暴露される

蛇口をしっかり閉めると
ポタポタ　しずくが手の甲をなだめる
洗剤の泡にまみれて
後悔がふやけていく

いつだって
女は台所の戦士だったじゃないの

蜘蛛を追い払い　決して安住の地を
与えてはいけなかったのですよ

鍋がぐつぐつ
絶え間なくお喋りをしている
ごった煮のほど良い味付けは
井戸端会議の女たちの舌を黙らせる

蜘蛛は姿を消し
台所からは春の匂いが
燦然と燃え上がっていた

早朝ウォーキング

一歩　二歩　三歩
歩幅が心の道幅を測っている
歩こうか
止めようか
葛藤がせめぎ合う寒さの朝
やはりスニーカーに答えを預けるのが
妥当のようだ

今朝生まれたばかりの空気の産声を

ぴりぴりする肌に聞かせると
マスクの下の鼻腔がざわめく

まだ道路沿いの家並みは
息を潜めたまま　熟睡しているのか
寝ぼけ眼を開ける気配もない
だが　車やバイク　路線バスは
当たり前の顔をして　出勤の途上を走っている

風の手で歩道にばら撒かれた
小さな花びらの千代紙が捲れる
誰かが織ったのでしょうか　数羽の鶴が
縺れながら空の青に染まっていく

持ち帰った新鮮な産声を
茹でたホウレン草とあえて小鉢に盛る
朝食の膳を彩る一品として
濃い緑が今日のスタートの指針を後押しする

コロナに負けるなよ！
湯飲み茶わんの真ん中で
茶柱の上にちょこんと座っている夫
あら　こんな所にいらっしゃったのですか
私は返事の代わりに
ごくんと一口　彼を一気に飲み込んだ

助っ人

呼べば　すぐ車に羽を生やして
飛んで来てくれる頼りになる助っ人
離れていても
私の細胞の中に浸透している命の輝きは
眩い光を放ち
決して消えることはない

惜しみ無い愛と
永遠を約束してくれたような深い心を

さらりと手渡してくれる娘

かおちゃん
かおりちゃん
かおりさん
ママ

呼び名の変遷が語る記憶の切れ端
ひらめいて　飛び散り
ちょっと気取ってみたり
裏返してみたり
子供のころ母親の懐に抱かれて嗅いだ脇の下の
懐かしい匂いを追ったりして

未熟だった実は
いつしか　真っ赤に熟れて
家庭という巣を造り
金の卵を産み落とした
雛は親鳥に甘えながらも逞しく育っていく

幾つになっても娘は娘
伴侶を失い萎んでいる私の許《もと》にも
大きな翼を広げて舞い降りる
娘の子供に成りきっている心地良さ

嘴で小突かれる微かな痛みが　擽ったい
クスクス　クスクス
笑いを　ぐっと抑える

回転寿司あれこれ

恐る恐るお気に入りの回転寿司屋の暖簾を潜る
めっきり　近ごろ雰囲気が様変わり
以前はベルトコンベヤーの上に
握った寿司の皿が行儀よく回っていた
特別に注文する時だけ
「ホンマグロのオオトロ」等と声をかけた

しかし最近は　何処の店でも
食べたいものをタッチパネルに打ち込んで頼むようだ

回る装置があっても停止したままで　その上には
コロナウイルスが胡坐をかいている
名ばかりの回転寿司屋の看板が情けない顔で風に煽られ

マスクを着けたまま店頭ではアルコール消毒
額をつん出し熱を測る
コロナ対策が厳しいのは安心感に繋がるが

その日は娘家族と合流する
窮屈な思いをしても少しだけ解放感を呼び込みたい
めいめい　この時とばかり
旺盛な胃袋の要求に答えている
代金はこちら持ちだが　遠慮がないのが何より嬉しい
私は　あえて面倒なことには挑戦せず娘に任せる

オオトロ　ウニ　イクラ　炙りエンガワ
寿司の他にも　サザエの壺焼き　鰤カマ等
美味しいものが唸っている

寿司屋に限らず　今では様々な店の敷居が高くなり
高齢者の足は　上がりづらくなっている
よもや　締め出すつもりもあるまいが
何事も若い者が中心の世の中になり
おろおろしながら　老いの僻みを膨らませる日々

食べたくなるとコロナを尻目に遠慮しながらも足を運ぶ
自在に操るメカに慣れた娘の指の動きは　爽快そのもの
新鮮なネタの旨みを　引き立ててくれている

仮面舞踏会

顔を隠すことに
すっかり慣らされてしまった人間族
まるで中東の女性の装いと
見紛うほどで日常生活に溶け込んでいるのが怖い
だが　笑っているのか
怒っているのか
マスクの下の表情が読めない

帽子を目深に被り

眼鏡を掛けての覆面スタイル
すれ違っても他人顔で
息を殺したまま通り過ぎる
隠れ蓑には好都合かも知れませんが

コロナ禍の中　三密が踊る
誰とも素顔で会えず
心までも棚の奥に仕舞い忘れて
黴が生えかかっているではありませんか
今にも擦り切れそうな友情の薄皮
もし本当に剝がれてしまったら
再び繋ぎ合わすことが出来るのか不安が募る

日々　無言の仮面舞踏会が続く

カラフルな扮装　様々
でも　パートナーとは手も握られず
距離をおいたまま
おどけたステップを踏んで躓きそう

また春の彼岸が訪れます
あなたは　これほど長い間　世界中の人たちが
苦しめられていようとは
思いもしなかったでしょう
いくら図太いコロナでも　そちらの世界までは
足を延ばすことは不可能ですね

幸か不幸か花園が風に揺れています

夢の逢瀬

今朝がた　あなたに会いました
若い頃の溌剌とした姿で
夢の引き戸を力いっぱい押し開け
私の古びた舞台に颯爽と登場したのです

とても穏やかな表情
耳の海底に沈んでいた声を柄杓《ひしゃく》で
掬い上げながら
私の脳髄の上から零して

四半世紀にも及ぶ　失っていた言葉たちが
目を覚まし微睡《まどろみ》の布団の隙間へ潜り込む
身体が火照り
あなたを抱きしめ
夢を抱きしめ

闘病中でのベッドで見せた
あの苦しみに悶えた顔は
封印しているのでしょうか
ただの一度も舞台を汚したことはありませんね

癌の大手術で失った声だけでなく
数えきれない病魔の僕《しもべ》として

かしずいていた歳月が歪んで見えます
私は何度もその状況から引っ張り出そうと
力を振り絞りましたが許してもらえずに

あなたは　すべてを知り尽くしているから
笑顔だけを見せて
時々逢瀬の夢の巻物を広げるのだと思います

今　私は最後の恋に目覚めて
視線を泳がせています

明けやらぬ窓の外へ

あとがき

もう詩集を出版することはないと思っていました。

二〇一九年、新・日本現代詩文庫として、土曜美術社出版販売から選詩集を出していただいたのを最後に、これが私の生涯における詩集の集大成になるような気がしていたのです。

夫は一九九五年に下咽頭癌の大手術を受け、昨年七月新型コロナウイルスが蔓延する最中《さなか》、とうとう亡くなってしまいました。様々な後遺症との戦いの中で私は常に夫を第一に真正面から受け止め、詩は第二義的なものにせざるを得ませんでした。詩が私から離れていこうとした時も何度かありましたが、もし手放していたならば私は抜け殻になり、彼を支える生活そのものが崩壊してしまったかもしれません。

詩を書くことにより、どんなに自分が救われたか、そして明日への活力を与えられたか。詩は私にとって大袈裟に言うならば命そのものです。しかし真摯に詩と向き合えなかったこともあり、作品は大分色褪せてしまっていることも否めませんが、詩集を出版することにより自分自身への起爆剤となることを願っています。

夫の死後、しみじみ人間は多くの人々との深い係りのもとで生かされていたのだという想いを深めました。四方八方に張り巡らされた驚くほどのたくさんの繋がりの糸を、断ち切ることや修正するには、相当の労力がいることも実感させられました。

人は必ず死という絶対的なものから逃れることはできません。いつかは誰にでも必ず訪れる死を受け入れる覚悟を常に持って生きていることが、いかに大事かと肝に銘じております。

別れの日々の記憶を残しておきたいという微かな想いに突き動かされて、閉じてしまった心のページをあえて開くことにしました。今度こそ私の最後の詩集になるに違いないと密かに呟きながらも。

三部に分けて（Ⅰ）には選詩集に未刊詩篇として収めた何篇かを表舞台に出し、（Ⅱ）には詩集『夢を買いに』以降の作品に少し加筆、修正を施して収めました。（Ⅲ）には、夫との思い出を鏤めて新たに書き下ろしたものも加えました。

出版に際し、労を執っていただいた土曜美術社出版販売社主高木祐子様をはじめ、ご多忙にもかかわらず、帯文を快くお引き受けいただいた「詩と思想」編集長の中村不二夫様、編集部の方々、装丁の高島鯉水子様には心から感謝申し上げます。

二〇二一年六月

内藤喜美子

著者略歴

内藤喜美子（ないとう・きみこ）

一九四〇年　神奈川県海老名市に生まれる
所属詩誌　一九七七年〜一九九〇年「時間」
　　　　　一九九〇年〜二〇一六年「驅動」
　　　　　一九九一年〜現在に至る「竜骨」
　　　　　一九九八年〜二〇〇九年「セコイア」
所属団体　日本詩人クラブ　日本現代詩人会
著　　書　一九八一年　詩集『嵐のあと』　時間社
　　　　　一九八八年　詩集『警笛』　　　檸檬社
　　　　　一九九六年　詩集『石の波紋』　竜骨の会
　　　　　二〇〇一年　詩集『夜明けの海』近代文芸社
　　　　　二〇〇八年　詩集『落葉のとき』近代文芸社
　　　　　二〇一二年　詩集『稚魚の未来』土曜美術社出版販売
　　　　　二〇一五年　詩集『夢を買いに』土曜美術社出版販売
　　　　　二〇一六年　短編集『残響』土曜美術社出版販売
　　　　　二〇一八年　新・日本現代詩文庫140『内藤喜美子詩集』土曜美術社出版販売

現住所　〒二五四―〇〇七五　神奈川県平塚市中原二―一一―九

詩集 船《ふね》に乗《の》って

発　行　二〇二一年七月八日

著　者　内藤喜美子

装　丁　高島鯉水子

発行者　高木祐子

発行所　土曜美術社出版販売

〒162-0813　東京都新宿区東五軒町三—一〇

電　話　〇三—五二二九—〇七三〇

ＦＡＸ　〇三—五二二九—〇七三二

振　替　〇〇一六〇—九—七五六九〇九

印刷・製本　モリモト印刷

ISBN978-4-8120-2628-1　C0092